CUENTOS PARA TODO EL AÑO

La hamaca de la vaca

o Un amigo más

Alma Flor Ada
Ilustraciones de Viví Escrivá

ALFAGUARA

Para Cristina y para sus abuelos,
Virginita y Peque, que siempre han
tenido las puertas abiertas a uno más...

La hamaca de la vaca
ISBN 13: 978-1-58105-178-0

2023 NW 84th Ave.
Doral, FL 33122

15 14 13 1 2 3 4 5 6 7 8 9

Published in the United States of America

Printed in the United States of America by NuPress

¡Qué agradable la sombra!
La hormiga se mece feliz
en la hamaca que tiene en su patio la vaca.

Una rana se acerca croando:
Croac, croac, croac.
—Ven, amiga —le dice la hormiga—.
¡Siempre cabe uno más!

¡Qué agradable la sombra!
La hormiga y la rana se mecen felices
en la hamaca que tiene en su patio la vaca.

Una pollita se acerca piando:
Pío, pío, pío, pío.
—Ven, amiga —le dice la hormiga—.
¡Siempre cabe uno más!

¡Qué agradable
la sombra!
La hormiga, la rana
y la pollita
se mecen felices
en la hamaca que tiene en su patio la vaca.

Una gallinita se acerca cacareando:
Cocorococó, cocorococó.
—Ven, amiga —le dice la hormiga—.
¡Siempre cabe uno más!

¡Qué agradable la sombra!
La hormiga, la rana,
la pollita y la gallinita
se mecen felices
en la hamaca
que tiene en su patio la vaca.

Una pata se acerca diciendo:
Cuac, cuac, cuac, cuac.
—Ven, amiga —le dice la hormiga—.
¡Siempre cabe uno más!

¡Qué agradable la sombra!
La hormiga, la rana, la pollita, la gallinita
y la pata
se mecen felices
en la hamaca que tiene en su patio la vaca.

Una gata se acerca
maullando:
Miau, miau, miarramiau.
—Ven, amiga —le dice la hormiga—.
¡Siempre cabe uno más!

¡Qué agradable la sombra!
La hormiga, la rana,
la pollita, la gallinita,
la pata y la gata
se mecen felices
en la hamaca que tiene en su patio la vaca.

Una perra se acerca ladrando:
Guau, guau, guau, guau.
—Ven, amiga —le dice la hormiga—.
¡Siempre cabe uno más!

¡Qué agradable la sombra!
La hormiga, la rana,
la pollita y la gallinita,
la pata, la gata
y la perra
se mecen felices
en la hamaca que tiene en su patio la vaca.

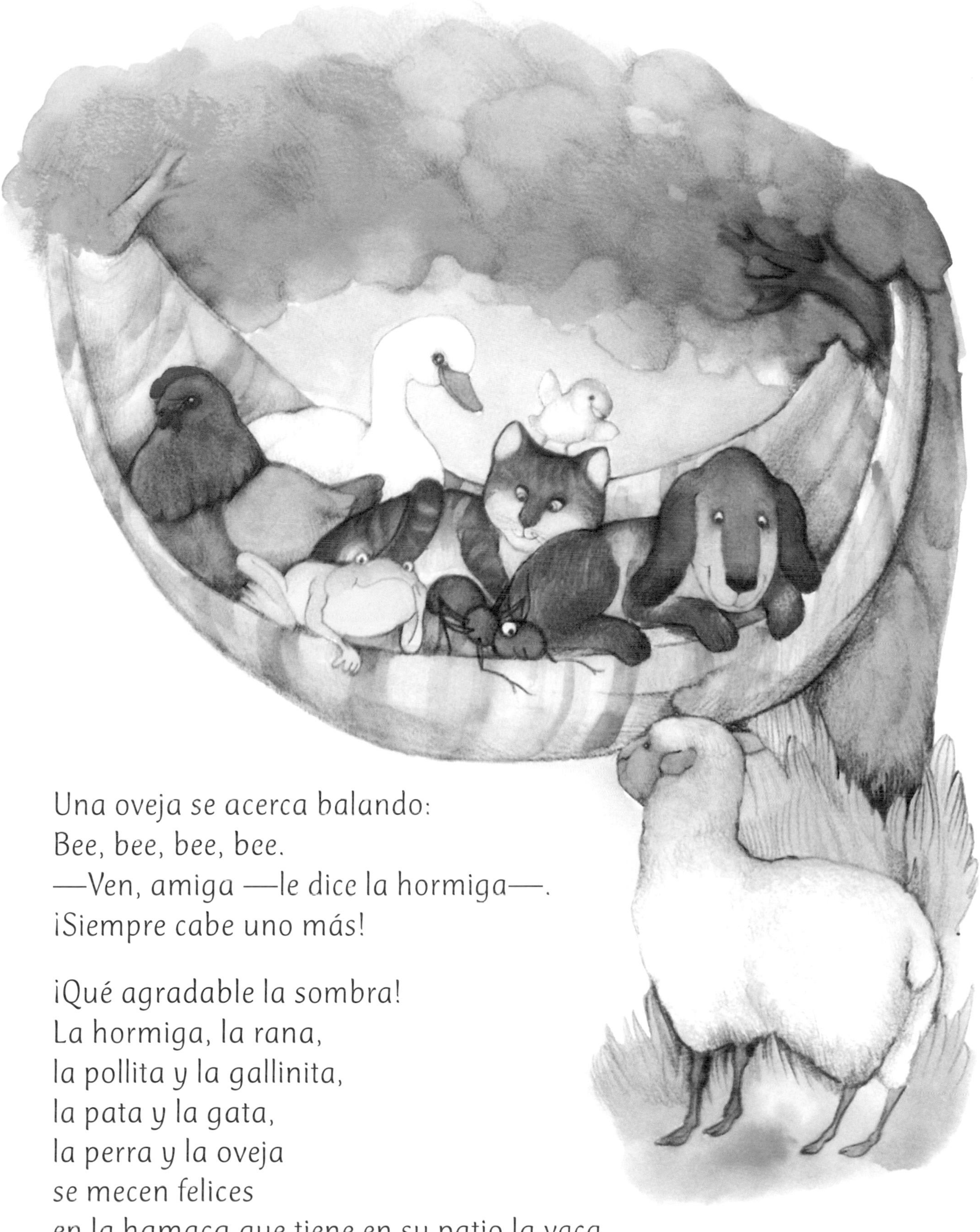

Una oveja se acerca balando:
Bee, bee, bee, bee.
—Ven, amiga —le dice la hormiga—.
¡Siempre cabe uno más!

¡Qué agradable la sombra!
La hormiga, la rana,
la pollita y la gallinita,
la pata y la gata,
la perra y la oveja
se mecen felices
en la hamaca que tiene en su patio la vaca.

¿Y ahora quién se acerca?
La madre elefanta.
¿Qué dirá la hormiga?
Seguro se espanta.

Si esa elefanta
se sube también,
¡pobre de la hamaca
que tiene en su patio la vaca!

Pero todo lo que se oye
decir a la hormiga es:
—¡Ven, amiga!

¡Cuando se tiene
buena voluntad
siempre hay lugar
para un amigo más!